Arena-Taschenbuch
Band 2945

Achtung!

Dies ist ein kombinierter Weihnachtskrimi in 24 spannenden Fortsetzungen.
Viel gesünder als Plätzchen und Schokolade!
Wie er funktioniert? Ganz einfach: An jedem Tag vom 1. bis zum 24. Dezember kannst du dir ein Kapitel öffnen, am besten mit einem Lineal oder einem Brieföffner.
Probier's gleich mal aus!

Von Jo Pestum sind als Arena-Taschenbuch erschienen:
Die rätselhaften Nikoläuse. Ein Weihnachtskrimi in 24 Kapiteln
(Band 2260)
Drei Könige auf Abwegen. Ein Weihnachtskrimi in 24 Kapiteln
(Band 2259)
Die geheimnisvollen Engel. Ein Weihnachtskrimi in 24 Kapiteln
(Band 2397)

Detektiv Luc Lucas. Geheimnisvolle Fälle (Band 2858)
Detektiv Luc Lucas. Neue rätselhafte Fälle (Band 2859)
Der Kater zeigt die Krallen. Zwei superstarke Kater-Krimis (Band 2107)
Der Kater und der Ruf im Nebel. Zwei superstarke Kater-Krimis
(Band 2108)
Power Kicker (Band 2193)
Tobi und die rosa Teufel. Fußball im Dreierpack (Band 2209)

Jo Pestum
studierte Malerei und arbeitet als Schriftsteller und Film-, Funk- und Fernsehautor. Er zählt zu den bekanntesten deutschen Kinder- und Jugendbuchautoren.

Jo Pestum

Der Weihnachtsmann im Tannenbaum

Ein Weihnachtskrimi in 24 Kapiteln

Mit Illustrationen von Lisa Althaus

Arena

In neuer Rechtschreibung

2. Auflage als Arena-Taschenbuch 2006

Umschlag- und Innenillustrationen: Lisa Althaus
Umschlagtypografie: knaus. büro für konzeptionelle
und visuelle identitäten, Würzburg
Gesamtherstellung: Westermann Druck Zwickau GmbH
ISSN 0518-4002
ISBN 3-401-02945-2
ISBN 978-3-401-02945-0

www.arena-verlag.de

1. Dezember

Was ist bloß mit Orhun los?

Dass ausgerechnet am ersten Dezembertag der erste Schnee fiel! Mirjam stand am Fenster und wurde fast schwindlig von dem Flockenwirbel da draußen. Wunderbar! Der Rasen des Parks war schon wie mit einem dünnen weißen Tuch zugedeckt.

»Kati, du Schlafmütze, wach auf!«, jubelte Mirjam. »Es schneit, es schneit! Schnell, das musst du sehen.«

Doch zuerst einmal hüpfte Minka, die getigerte Katze, aus Katis Bett. Sie schlief abwechselnd bei Mirjam und bei Kati. Dann bewegte sich das Kissen und Katis Wuschelkopf kam zum Vorschein.

»Mensch, Mirjam, ich hab grad noch was Schönes geträumt.« Kati rieb sich die Augen und gähnte. »Warum schreist du denn so?«

»Weil es schneit.«

Da war Kati plötzlich hellwach. Sie sprang aus dem Bett, stolperte über ihre Schuhe, knallte mit dem Knie gegen die Stehlampe und schaute dann staunend dem Tanz der Schneeflocken zu. Der Tag fing gut an.

Die beiden Mädchen teilten nicht nur das Zimmer, sie waren auch beste Freundinnen. Die kleinen Streitereien zwischendurch gehörten dazu. Außerdem waren sie gemeinsam für die Katze Minka verantwortlich, die sie, als diese noch ein Winzling war, aus einem Müllcontainer gerettet hatten.

Mirjam lebte im Schellenburg-Heim, weil ihr Vater bei einem Arbeitsunfall auf der Baustelle ums Leben gekommen war und die Mutter seitdem aus ihrer Trauer nicht mehr herausfand. Sie wohnte nun in einer Klinik für psychisch kranke Menschen. Kati hatte ihre Eltern nie kennen gelernt und sie wusste auch nichts über sie. Darum weinte sie manchmal.

Die meisten Mädchen und Jungen im Schellenburg-Wohnheim hatten traurige Schicksale, die mit zerrütteten Familien, überforderten Eltern, tragischen Todesfällen oder Lieblosigkeit zu tun hatten.

Ein wirkliches Zuhause konnte das Schellenburg-Heim für sie nicht sein, doch hier fanden sie zumindest Ruhe und Sicherheit. Dr. Petra Beller war die Heimleiterin. Beller! Klar, da wurde sie von den Jugendlichen immer nur Wauwau genannt. Aber sie bellte ja gar nicht. Sie war klug, gerecht und hatte starke Nerven. Vor allem bemühte sie sich im Heim die Atmosphäre einer Großfamilie entstehen zu lassen. Die Kids mochten sie, auch wenn sie es nicht zugaben.

Meist ging es friedlich zu im Heim. Nur selten gab es Zoff, wenn Konflikte aus der unheilen Vergangenheit hochkamen oder jemand das Heimleben satt hatte. Kati und Mirjam halfen sich gegenseitig, wenn es Schwierigkeiten gab.

Jetzt standen sie am Fenster und schauten dem Schneetreiben zu. Fröhlicher Lärm erfüllte inzwischen das Haus. Natürlich freuten sich alle über das unerwartete Weiß.

Kati tippte an die Fensterscheibe. »Unheimlich schön, der Schnee. Als ob er die ganze Welt weiß und sauber machen möchte. Freust du dich auf Weihnachten?«

»Ich weiß nicht«, sagte Mirjam. »Vielleicht, vielleicht auch nicht. Aber das dauert ja noch. Heute fängt erst mal der Weihnachtsmonat an. – Hopp, Kati, wir müssen uns beeilen!«

Rasch stellten Mirjam und Kati Futter und Wasser für ihre Katze bereit, schmusten mit Minka und hasteten in den Waschraum der Mädchen, wo bereits gespritzt und gequiekt wurde. Heute waren alle ein bisschen alberner, weil sie sich über den ersten Schnee freuten.

Aus dem Untergeschoss war Wauwaus laute Stimme zu hören. Die Heimleiterin spornte zur Eile an. Dann trappelten Jungen und Mädchen, drei Dutzend an der Zahl, wild durcheinander zum Speisesaal. Zur Feier des ersten Schnees hatte sich Raphaela, die Küchenfee, etwas Besonderes ausgedacht.

Es gab nicht nur Müsli und Marmeladenbrote zum Frühstück, sondern auch gebackene Bananen und Spiegeleier.

Auf der Treppe stieß Mirjam mit Orhun zusammen. »Na, Sportsfreund, hast du gut gepennt?«

»Lass mich in Ruhe!«, fauchte Orhun.

»Aber hallo! Welche Laus ist dir denn über die Leber gelaufen? Warum hast du so 'ne miese Laune? – Mann, es schneit!«

»Du sollst mich in Ruhe lassen!« Orhun stieß Mirjam von sich.

Was hatte das denn zu bedeuten? Verwundert schaute Mirjam die Freundin an. Was war denn bloß mit Orhun los? Sonst war er doch immer der Lustigste von allen. Orhun, der große Komiker. Mit seinen Witzen und seiner Heiterkeit brachte er das ganze Haus zum Lachen. Wenn er die Popstars imitierte mit einem Löffel als Mikrofon, johlten alle und klatschten Beifall wie verrückt.

Robbie Williams konnte er am besten. Und wenn er seine Breakdance-Show abzog, kreischten die Zuschauer vor Entzücken. – Warum war die Stimmungskanone Orhun plötzlich so muffelig?

»Ob er Probleme hat?« Mirjam rieb sich die Nase. »Irgendwas mit der Schule oder so?«

»Ich glaube, er hat Angst«, sagte Kati. »Aber wovor?«

»Frag mich mal was Leichteres. Ob wir mit ihm reden sollten? Vielleicht hat er Streit mit seinen Zimmergenossen und . . .«

Kati winkte ab. »Quatsch! Er hat doch gesagt, dass man ihn in Ruhe lassen soll. Und wie er dich weggeschubst hat, na!«

Im Speisesaal herrschte das übliche Gedrängel. Alle wollten schnell auf ihre Plätze, denn die Zeit war knapp. Sarah und Coco hatten Tischdienst und trugen in Weltrekordzeit die Tabletts und die Kakaokannen zu den hungrigen Schreihälsen.

Orhun hatte sich an einen Tisch in der Fensterecke gesetzt. Offenbar wollte er allein sein. Ausgerechnet Orhun! Das passte doch nicht. Mirjam und Kati sahen, dass er wie gedankenverloren in seiner Müslischüssel rührte und nach draußen starrte.

Conny hockte sich zu Kati und Mirjam an den Tisch. Sie trug meistens einen gelben Pulli, weil sie die Briefeverteilerin im Heim war. Sie legte Wert auf den Titel Postministerin. Außerdem organisierte sie die Ausleihe der Bücher, CDs, Kassetten und Spiele in der Bibliothek, stellte die Pläne für die Benutzung der Tischtennisplatte und des Billardtisches auf und war für dieses Jahr zur Sprecherin der Heimbewohner gewählt worden. Sie sah alles, hörte alles und wusste alles, was im Haus geschah. Doch alle wussten, dass Conny niemanden bei der Heimleitung verpetzte.

»Warum guckt ihr so zu Orhun rüber?«, fragte Conny.

»Weil er heute so komisch ist«, flüsterte Mirjam. »Als ob er 'nen Frosch verschluckt hätte. Orhun ist völlig down.«

Conny nickte. »Das habt ihr also auch schon gecheckt. Ich verrate euch was, aber erzählt es nicht weiter: Orhun hat ein Geheimnis. Er versteckt immer wieder so seltsame Briefumschläge irgendwo im Park. Wahrscheinlich ist da was Wertvolles drin und er hat Angst, dass es ihm geklaut wird.«

Was für ein Geheimnis mag das wohl sein?
Lies morgen weiter!

2. Dezember

Ein irrer Vormittag

»Dalli, dalli!«, rief Frau Beller und klatschte in die Hände. »Die Schulbusse warten nicht.«

Schnell noch einen letzten Schluck Kakao, rasch noch ein Stück Banane in den Mund geschoben – dann schnappten sich die Jungen und Mädchen ihre Schultaschen und hasteten zur Pforte. Dort lagen auf einem Tisch die Pausenbrote bereit. Heute gab es auch für jeden zwei Äpfel.

»Leberwurst und Löcherkäse«, stellte Kati fest, als sie die Brote in ihre Plastikdose legte. »Na, geht so.«

Mirjam beobachtete Orhun. Der schlurfte, als wäre er sehr müde, hinter den anderen her und steckte sich nur einen Apfel in die Anoraktasche. Die Brote ließ er liegen. Seltsam. Eigentlich hatte Orhun doch den Ruf, der eindeutig verfressenste Heimbewohner zu sein. Wie oft hatte Raphaela ihn schon beim Stibitzen in der Küche erwischt!

Noch immer wirbelten die Flocken. Für Schneebälle war der weiße Teppich beim Parkplatz zu dünn, aber man konnte sich ein bisschen im Schnee wälzen und mit dem Mund nach den dicken Flocken schnappen. Das fanden aber nur die Schüler lustig. Die Busfahrer mahnten hupend zur Eile. Sie mussten den Zeitplan einhalten.

Kati sah, dass Orhun sich auf der hintersten Sitzbank in die Ecke gequetscht hatte, als wollte er sich verstecken. Sonst saß er immer mitten zwischen den anderen und brachte sie mit seinen großen Sprüchen zum Lachen. Kati hockte sich zu Jonas und Lasse. Sie waren die Zimmergenossen von Orhun.

»Ist Orhun sauer?«, fragte Kati. »Habt ihr Krach mit ihm? Warum spielt er die beleidigte Leberwurst?«

Lasse zuckte mit den Schultern. »Keine Ahnung, warum der plötzlich nicht mehr richtig tickt. Seit ein paar Tagen ist er so muffelig, aber seit gestern ist er völlig durch den Wind. Als ob er irgendwie in der Klemme steckt. Was weiß ich! Jedenfalls hat er letzte Nacht geheult.«

Kati stieß Lasse den Ellenbogen in die Rippen. »Mann, ihr seid doch seine Freunde. Wenn er irgendwie im Stress ist, da müsst ihr ihm doch helfen. Habt ihr ihn nicht gefragt . . .«

Jonas schnaubte. »Haben wir doch. Tausend Mal. Aber der Orhun macht den Schweigemann, Totalblockade. Nachmittags verschwindet er manchmal für ein paar Stunden. Klar, haben wir ihn gefragt, wo er gewesen ist. Auf dem Weihnachtsmarkt wär er rumgebummelt, hat er gesagt. Und dass wir uns raushalten sollen, das hat er auch gesagt.«

Lasse pustete eine Blase mit seinem Kaugummi. »Übrigens hat der Orhun seit ein paar Tagen ein Handy. Weiß der Teufel, wer es ihm gegeben hat. Gekauft hat er's jedenfalls nicht. Bei dem mickrigen Taschengeld, das Wauwau uns rüberwachsen lässt.«

»Kann doch sein, dass er es von seinem Vater hat«, gab Kati zu bedenken.

Jonas schüttelte den Kopf. »Der hat doch selber nix.«

Die beiden Busse bogen in die Haltestelle vor der Heinrich-Böll-Schule ein. Die Mädchen und Jungen aus dem Schellenburg-Heim, die hier aussteigen mussten, griffen ihre Schultaschen. Es gab Geschnatter, Gewinke und die üblichen Blödeleien. Mirjam plumpste beim Aussteigen erst einmal auf den Hintern, denn der Schnee war glitschig. Das schadenfrohe Gelächter steckte sie locker weg.

Als Letzter stieg Orhun aus. Er stakste langsam und mit zusammengebissenen Lippen über den Schulhof. Alle beeilten sich, denn der Gong hatte längst den Unterrichtsbeginn angekündigt. Orhun tat so, als ginge ihn das nichts an.

Englisch in der ersten Stunde. Die Schülerinnen und Schüler der Klasse 6b hatten große Schwierigkeiten mit der neuen Klassenlektüre. Keine Frage, die Geschichte »Aunt Thea's Tiger« war spannend und lustig, aber anscheinend überfor-

derte Lehrer Thiekötter die Kids ein bisschen mit diesem Text. Mirjam und Kati hatten fleißig geübt und die Übersetzung auch einigermaßen gut geschafft. Aber bevor die Übersetzungen an der Reihe waren, sollte das Kapitel erst noch einmal in Englisch vorgelesen werden.

»Kati, please, read it!«

Kati spürte, wie ihr das Blut in die Ohren schoss. Warum ausgerechnet ich? Sie war nicht besonders gut in Englisch. Doch sie gab sich einen Ruck und begann tapfer zu lesen. »My friend Moses was the first person to hear my sensational news. His real name is Richard, but we've called him Moses ever since the time . . .«

»Stop it!«, rief der Lehrer wütend. »That's the wrong chapter. You had to translate . . .«

Kati hörte nicht hin. Alle lachten. Sie schämte sich so. Da hatten Mirjam und sie also das falsche Kapitel geübt und übersetzt, die ganze Mühe war für die Katz gewesen. So ein Mist! Der Tag hatte so gut angefangen mit dem ersten Schnee, dann aber waren Mirjam und sie von Orhun angeknurrt worden – und jetzt auch noch das!

Mirjam legte der Freundin tröstend den Arm um die Schulter und flüsterte: »Mach dir nichts draus, lass sie doch lachen! Ich finde die Geschichte von Tante Theas Tiger sowieso doof. Hauptsache, es schneit.«

Aber es schneite nicht mehr. Kati schaute zum Fenster. Der Schnee war in Nieselregen übergegangen. Das passte genau zu Katis trauriger Stimmung.

Aber es kam noch schlimmer.

In der großen Pause blieben alle unter dem Blechdach des Schulhofes, wo auch die vielen Fahrräder abgestellt waren, denn der Regen platschte immer stärker. Keine Spur mehr vom Schnee. Da kamen, lärmend und schwatzend, die Jungen der siebten Klassen aus der Sporthalle geströmt. Etwas Aufregendes musste geschehen sein. Da hatte sich eine kleine Gruppe gebildet, die Jungen schrien und schimpften auf einen von ihnen ein, und zwar auf Orhun.

Mirjam und Kati verstanden ein paar Sätze aus dem Gebrüll. »Das hast du extra gemacht!« – »Du Flasche, bloß wegen dir haben wir alle Spiele verloren!« – »Die leichtesten Kullerbälle hast du reingelassen, du Supertorwart!« – »Mensch, Orhun, du Penner, warst du besoffen?« – »Du hast dir kein bisschen Mühe gegeben, du hast unsere Mannschaft im Stich gelassen!« – »Letzter sind wir geworden, Letzter – und nur wegen dir!«

Das monatliche Handballturnier der siebten Klassen hatte schon Tradition. Mirjam, Kati und die anderen Kinder aus dem Schellenburg-Heim, die die Heinrich-Böll-Schule besuchten, waren immer stolz gewesen, wenn nach den Spielen verkündet wurde: »Orhun ist wieder einmal der beste Spieler des Turniers gewesen! Orhun, die geschmeidige Torwartkatze, der Sieben-Meter-Töter, der Held auf der Linie . . .«

Der junge Sportlehrer Olaf Somplatzki kam gerannt. Seine roten Haare wippten. »Hört auf, ihr Idioten! Finger weg vom Orhun! Jeder hat mal einen schlechten Tag. Orhun ist heute ein bisschen von der Rolle gewesen. Kann doch vorkommen.«

»Irre«, sagte Kati leise, »irre. Ja, der ist völlig von der Rolle. Ich hab's dir ja gesagt: Orhun hat Angst.«

Mirjam nickte. »Wir müssen ihm helfen. Ein Detektiv muss her.«

Was meint Mirjam damit?
Lies morgen weiter!

3. Dezember

Der Detektiv mit der Ledermütze

Eigentlich war Robin ein ganz und gar unauffälliger Junge, doch er verfügte eindeutig über detektivische Fähigkeiten. Damals hatten ihn die anderen aus der Klasse ausgelacht, als er einmal so nebenher erklärte, er übernehme in seiner Freizeit Nachforschungs- und Ermittlungsaufträge. Wie sich das anhörte! Ja, da hatten sie laut gelacht. Christian hatte sich sogar fast in die Hose gepinkelt.

Doch dann war ihnen das Lachen vergangen. Detektiv Robin bewies nämlich, dass er wirklich eine coole Spürnase war. Als Sylvia behauptete, jemand aus der Klasse habe ihr den teuren Glitzerfarbstift gestohlen, überprüfte Robin ganz sachlich die Orte auf dem Schulgelände, an denen sich Sylvia am Morgen aufgehalten hatte. Er fand den Stift beim Sandkasten, wo die Mädchen in der Pause oft herumsaßen. Dabei war der Stift vermutlich aus Sylvias Hosentasche gefallen. Große Erleichterung in der Klasse. Es gab also keinen Dieb unter ihnen.

Und als im Garten der Biologie-AG alle Molche im kleinen Teich verendet waren, sicherte Robin mit Gipsflüssigkeit die Fußspuren von groben Profilsohlen und half so der Polizei die zwei Mopedfuzzis aus der Ulmenhof-Siedlung zu identifizieren, die aus reiner Zerstörungswut Pflanzenvernichtungsmittel in den Teich geschüttet hatten. Robin hatte sich auch nachmittags auf die Lauer gelegt und den Rentner heimlich fotografiert, der seine beiden Dackel auf dem Schulhof frei laufen ließ. Klar, zum Beweis hatte er die Hunde geknipst, als sie mal wieder in den Sandkasten kackten.

Robin hatte den Sprayer entlarvt, der Oma Bohnes Häuschen beschmiert hatte; er hatte die Mädchen überführt, die den Winzlingen auf dem Spielplatz Puppen, Teddybären und Süßigkeiten klauten; er hatte bewiesen, dass die Kratzer am

Heim dauerte knapp zehn Minuten. Sie versorgten ihre Minka und liefen hinunter zum Mittagessen. Möhrensalat, Bandnudeln mit Tomatensoße, Birnenkompott. Hinein damit! Orhun saß wieder allein. Frau Beller nahm mit tadelndem Blick zur Kenntnis, dass Mirjam und Kati so hastig aus dem Speisesaal verschwanden, doch sie schimpfte nicht. Ein bisschen Zeit für die Hausaufgaben blieb noch. Die Mädchen wussten, wann der Linienbus zur Stadtmitte abfuhr. Auf dieser Strecke galten ihre Schülerkarten.

Dann gab es eine Überraschung. Im Flur hätten die beiden Mädchen fast Conny über den Haufen gerannt.

»Seid ihr jetzt völlig durch den Wind?« Conny machte den Scheibenwischer. »Bisschen balla, balla, wie? – Übrigens, das Buch ist wieder aufgetaucht. Steht plötzlich wieder am alten Platz, als wär nix gewesen. Sachen gibt's!«

»Was für ein Buch ist das denn?«, fragte Mirjam.

»Och, so ein dickes Sachbuch über Rauschgift. Kokain, Marihuana, Heroin und wie der ganze Stoff so heißt. Vielleicht haben wir ja 'nen Junkie unter uns, der sich was Neues aussuchen will.«

Kati schaute Mirjam an, Mirjam schaute Kati an. Was hatte das zu bedeuten? Musste jemand aus dem Haus ein Referat über Drogen für die Schule vorbereiten? Aber dann hätte er sich das Buch doch ganz offiziell bei Conny ausleihen können! Seltsam.

Der Omnibus kam pünktlich. Und pünktlich standen die Mädchen dann auch beim Hintereingang der Sparkasse. Aber wo war Robin?

»Das hab ich gern«, maulte Kati. »Erst 'ne große Klappe und dann . . . Da, bitte, die Kirchturmuhr schlägt.«

Und genau in diesem Augenblick trat Robin beinahe würdevoll aus der Sparkasse und genoss seinen Auftritt. »Punkt drei Uhr. Ich bin immer auf die Sekunde pünktlich. Aus Prinzip.«

»Das Buch ist wieder da«, sagte Mirjam. »Ein Sachbuch über

Nikoläuse mit Dachschaden

Robin wartete am nächsten Morgen an der Schulbushaltestelle auf Mirjam und Kati. Einen kurzen Blick warf er auch auf Orhun, der mit verschlossenem Gesicht als Letzter ausstieg. Robin berichtete den Mädchen, dass er auf dem Weihnachtsmarkt ein paar günstige Stellen für Beobachtungspositionen ausgekundschaftet habe. Kati und Mirjam hatten auch Neuigkeiten.

»Also, die Gestalt im Park war eindeutig Orhun«, sprudelte Kati los. »Conny hat gesehen, dass er uns gefolgt ist. Und sie hat auch gemerkt, dass ein Buch aus unserer Heimbibliothek verschwunden ist. Ob das etwas mit Orhun zu tun haben könnte?«

»Um was für ein Buch handelt es sich denn?«, wollte Robin wissen. »Vielleicht kann man da einige Schlüsse ziehen.«

»Was für ein Buch?« Mirjam hob die Schultern. »Keine Ahnung. Das haben wir Conny nicht gefragt.«

»Typisch!«, knurrte Robin. »Und ihr wollt meine Partnerinnen sein? Bei Recherchen sind alle Fakten und Details wichtig. Erkundigt euch heute Mittag mal unauffällig nach dem Titel des Buches, klar? Wir treffen uns um drei Uhr am Hintereingang der Sparkasse und gehen dann gemeinsam zum Weihnachtsmarkt. Und wenn ich drei Uhr sage, dann meine ich drei Uhr.«

»Angeber!« Kati flüsterte das aber so leise, dass Robin es im allgemeinen Schulhofgetöse nicht hören konnte.

Dieses Mal hatten Mirjam und Kati den richtigen Text aus der Englischlektüre geübt. Ganz locker las Mirjam, als sie an der Reihe war: »Moses said we could put a tent up in the flat and cook sausages over a camp fire . . .«

Zäh verlief der Vormittag. Mirjam und Kati waren voll Ungeduld und konnten das Ende der sechsten Schulstunde kaum erwarten. Rein in den Bus! Die Fahrt zum Schellenburg-

8. Dezember

Plötzlich hielt Kati Mirjam am Arm fest. »Stopp mal! Hast du das auch gehört?« Sie zeigte in die Richtung, in der hinter dem Schlosspark die schmale Straße lag.

Mirjam hielt den Atem an. Ja, jetzt hörte sie es. Da war ein Automotor angesprungen. »Wenn Robin jetzt hier wäre, dann würde er anfangen zu kombinieren.«

»Kombinieren kann ich selber«, meinte Kati. »Ich kombiniere mal: Orhun hat etwas in das Versteck gebracht und jetzt ist jemand gekommen, um dieses Etwas abzuholen. Toter Briefkasten – so hat Robin das doch genannt.«

Das Motorengeräusch war nicht mehr zu vernehmen. Mirjam nahm die Katze auf den Arm. Minka zappelte und miaute protestierend. Kati ließ die Arme kreisen, weil ihr so kalt war.

Wieder stand Conny an der Treppe, als Mirjam und Kati ins Haus kamen. Conny schimpfte wie ein Rohrspatz.

»Stellt euch vor, ein Buch ist aus der Bücherei verschwunden! Jemand muss es geklaut haben. Ich hab's vorhin sofort entdeckt, dass ein Buch fehlt.«

»Wieso geklaut?«, gab Kati zu bedenken. »Kann doch sein, dass sich einer das Buch nur ausgeliehen hat.«

Das ließ Conny nicht gelten. »Wenn sich jemand ein Buch ausleihen will, dann sagt er es mir. Dann gebe ich den Namen des Ausleihers und den Buchtitel und das Ausleihdatum in den PC ein. Alles muss ja seine Ordnung haben. Ich sage euch, da hat ein gemeiner Bücherdieb zugeschlagen. Wahrscheinlich will er das Buch irgendwo verkaufen. Auf dem Weihnachtsmarkt oder so.«

Ob das etwas mit Orhun zu tun hat?
Lies morgen weiter!

Aber nun wussten Mirjam und Kati, dass die Gestalt, die sie im Park gesehen hatten, tatsächlich Orhun gewesen war. Anscheinend hatte er wieder etwas zu seinem Versteck gebracht. Aber was nur? Und wo steckte Orhun jetzt?

Er kam als Letzter zum Abendessen und drückte sich wieder allein in eine Ecke. Es gab Apfelpfannkuchen, Blutwurstbrote und dünnen Kamillentee. Kati und Mirjam schielten hin und wieder zu Orhun hinüber. Sie konnten sehen, dass er wieder nur wenig aß und lustlos kaute.

Lasse winkte zu Orhun hinüber. »He, Alter, wir veranstalten ein Tischfußballturnier. Du machst doch mit?«

Orhun schüttelte den Kopf. »Ich muss noch für Mathe üben.«

Jonas schaltete sich ein. »Aber hinterher ziehen wir uns 'nen geilen Sciencefiction-Film rein. *Die Höhlen im Mond.* Spiderman hat es uns erlaubt. Da kommst du doch runter, okay?«

»Sciencefiction ist doch langweilig!«

Da war sie wieder, die Frage: Was ist bloß mit Orhun los?

Kati und Mirjam mussten sich jetzt um Minka kümmern. Sie brauchte ein wenig Auslauf, das Katzenklo musste außerdem geleert werden. Die Mädchen hatten aus einer Gardinenschnur ein kleines Geschirr geknüpft, das legten sie Minka an. Sie wollten nicht riskieren, dass ihre Katze im Park verschwand und später nicht mehr ins Haus konnte, denn um zehn Uhr wurden die Türen geschlossen.

Minka fand das wohl gar nicht lustig, dass sie nicht frei umherlaufen konnte, doch sie fügte sich zwangsläufig in ihr Schicksal. Zumindest war die Leine sehr lang. Die Mädchen zitterten in der Abendkälte. Einzelne Schneeflocken taumelten im Laternenlicht. Sie schmolzen sofort auf der Haut. Die Mädchen trauten sich nicht sehr weit in den Park hinein, denn die Finsternis wirkte bedrohlich. Minka zerrte an der Leine.

ich mir auch eine taktische Methode für meine – äh, für unsere weiteren Ermittlungen aus. Wie ich schon sagte: Die Spur führt zum Weihnachtsmarkt. Da wette ich meinen Blinddarm gegen zehn Meter Bratwurst.«

»Du hörst dich wohl gern reden, wie?« Mirjam kicherte.

»In einem Team muss ja wenigstens einer den Durchblick haben. Das sage ich in aller Bescheidenheit.« Robin stieg auf sein Rad.

»Angeber!«, fauchten die Mädchen wie aus einem Mund.

Das überhörte Robin natürlich. »So, es wird Zeit für mich. Ich nehme noch eine kurze Ortsbesichtigung auf dem Weihnachtsmarkt vor – und dann ab nach Hause. Tschau, wir sehen uns morgen!« Robin sauste davon.

In der Eingangshalle balgten sich ein paar Jungen um einen Softball. Aus dem Speisesaal tönte Geschirrgeklapper. Barbara und Bastian hatten Tischdienst. Moritz balancierte auf einer Stehleiter und zündete zwei Kerzen vom Adventskranz an.

Als Mirjam und Kati hinauf zu ihrem Zimmer wollten, stand an der Treppe die neugierige Conny. Anscheinend hatte sie auf die beiden gewartet.

»Wer ist denn der hübsche Junge, mit dem ihr im Park rumgewandert seid? Große Liebe? Aber ein Junge für zwei Mädchen, das ist doch ein bisschen wenig. Oder wie sehe ich das?«

»Ist mir doch egal, wie du das siehst«, entgegnete Mirjam mit honigsüßem Lächeln. »Aber damit du's weißt: Das ist einer aus unserer Klasse, der wollte sich mal das Haus und den Park anschauen. Sonst noch etwas?«

Conny nickte. »Da war noch etwas. Ich hab gesehen, dass euch Orhun heimlich gefolgt ist. Ob er vielleicht eifersüchtig ist auf euren hübschen Freund? Ist mal nur so eine Frage.«

Kati wurde langsam sauer. »Verdammt, der Robin ist nicht *unser* Freund und hübsch ist er auch nicht. Was du so laberst!«

Ein Buch ist verschwunden

Schloss Schellenburg sah mit dem Licht, das aus den Fenstern strahlte, wie ein Riesenkopf mit leuchtenden Augen aus. Robin ging zum Fahrradständer und öffnete das Bügelschloss an seinem Mountainbike. Nebelschwaden schwebten wie Gespenster über den Wiesen. Es roch nach Winter, über der Stadt lag ein bläulicher Schein. Die Autogeräusche drangen nur gedämpft bis hierher.

Robin sagte: »Also, dann steige ich mal auf meinen Mustang. Es gibt Ärger, wenn ich zu spät nach Hause komme. Meine Eltern bestehen nämlich darauf, dass zum Abendessen die komplette Familie am Tisch sitzt. Sie sind halt ein bisschen altmodisch.«

Das sah Kati aber ganz anders. »Ich finde das überhaupt nicht altmodisch. Die ganze Familie am Tisch, also . . .« Sie redete nicht weiter. Sie hätte sagen müssen: »Das finde ich wunderbar, aber ich habe so etwas leider nie erlebt.« Nein, das wollte sie nicht sagen, doch da war auf einmal wieder die Traurigkeit.

»Behaltet Orhun im Auge«, flüsterte Robin, obwohl es eigentlich keinen Grund zum Flüstern gab, denn im Heim summte und brummte es wie in einem Bienenstock. »Aber tut das unauffällig, kapiert? Orhun darf keinen Verdacht schöpfen.«

»Hältst du uns für bekloppt?«, fragte Mirjam spitz.

»Kein Kommentar!« Robin grinste. »Außergewöhnliches Verhalten, Kontakte zu Fremden, Anrufe auf seinem Handy und so, das notiert ihr alles. Mit genauer Uhrzeit.«

»Aber er verhält sich doch jetzt schon außergewöhnlich!«, schrie Kati. »Das ist doch das Problem.«

»Nicht so laut!«, forderte Robin. »Und über das Problem sprechen wir morgen in der Schule weiter. Bis dahin denke

7. Dezember

»Okay, okay.« Robin hob beschwichtigend die Hände. »Wir sind ein Team. Hiermit ernenne ich euch zu meinen Assistentinnen.«

Da kam er bei Mirjam und Kati aber genau an die Richtigen!

Kati schimpfte los: »Du guckst wohl zu viel in die Glotze, wie? Der große Showmaster. Und im Hintergrund stehen zwei blöde, lächelnde Gänse in Miniröckchen. Das sind die Assistentinnen. Mit Mirjam und mir läuft das nicht.«

»Genau«, bestätigte Mirjam. »Hier ist Partnerschaft angesagt. Du bist nicht der Oberfuzzi, Robin. Ich weiß ja, dass du von Beobachten und Ermitteln und wie das alles heißt mehr Ahnung hast als wir. Darum haben wir dich ja auch um Hilfe gebeten. Aber wir sind Partner, kapiert?«

Robin gab sich geschlagen. »Keine Aufregung! Wir sind Partner, wir machen alles gemeinsam. Trotzdem werde ich gleich allein zum Weihnachtsmarkt gehen, um die Lage zu peilen. Kann ja sein, dass mir etwas auffällt, was mit Orhun zu tun haben könnte.«

Da kamen plötzlich klagende Schreie von irgendwoher aus den Baumwipfeln: laut, anhaltend, unheimlich.

»W-w-was war das?« Kati griff nach Mirjams Arm.

Mirjam gluckste. »Wahrscheinlich ein Käuzchen. Die wurden früher von den abergläubischen Leuten Totenvögel genannt. Wenn ein Käuzchen schrie, musste bald jemand sterben. Hab ich mal gelesen. Aber du brauchst keine Angst zu haben, Kati. Das ist alberner Unsinn.« Mirjam bildete mit den Händen einen Trichter und verstellte die Stimme. »Komm mit, komm mit, bring Schipp und Spaten mit!« Das Käuzchen gab Antwort.

Werden Mirjam, Kati und Robin das Geheimversteck finden? Lies morgen weiter!

weg waren. Erst als wir hinten bei der Kapelle waren, hat sie sich rasch die Leiter geschnappt, die brauchte sie unbedingt.«

»Aber wozu denn?«, fragte Kati.

»Schon wieder die blöde Frage!«, schimpfte Robin. »Die Person wollte etwas verstecken oder sie wollte etwas abholen. Um das Versteck zu erreichen, brauchte sie eine Leiter. Es liegt also ziemlich hoch. So weit alles klar? Als die unbekannte Person die Sache erledigt hatte, brachte sie die Leiter zurück und verduftete. Jetzt müssen wir nur noch das Versteck finden. Weit entfernt kann es ja nicht sein.«

»Unbekannte Person!« Mirjam tippte sich an die Stirn. »Warum quasselst du so geschwollen? Die unbekannte Person kann ja wohl nur Orhun gewesen sein.«

»Keine voreiligen Schlüsse!«, gab Robin zu bedenken. »Die dunkle Gestalt, die rausgelaufen ist aus dem Park, konnten wir jedenfalls nicht identifizieren. Vielleicht war es Orhun, vielleicht aber auch nicht. Nur Beweise zählen.«

Mirjam beharrte aber darauf, dass es nur Orhun gewesen sein könnte. »Conny hat doch gemerkt, dass Orhun irgendwo im Park etwas versteckt. Briefumschläge, meint sie. Wer soll's denn wohl sonst gewesen sein? Ich wette, es war Orhun.«

»Toter Briefkasten.« Robin schaltete die Lampe aus. »Schon mal was davon gehört? So nennt man in der Fachsprache gewisse Geheimverstecke. Einer bringt etwas, ein anderer holt es später ab. Ob die unbekannte Person vorhin etwas gebracht oder etwas abgeholt hat, wissen wir nicht. Bei Tageslicht werde ich morgen nach dem Geheimversteck suchen. Ich schätze, dann finde ich eine Antwort auf die Frage.« Robin schob die Ledermütze aus der Stirn.

»Ach nee!« Kati stemmte die Fäuste in die Hüften. »Wieso *du?* Ich denke, wir wollen Orhun gemeinsam helfen. Wir sind ein Team. Vergiss das nicht, Herr Detektiv!«

Robin sagte: »Diese Spuren können von einem Kind oder einem Erwachsenen oder einem Elefanten sein. In solchem Matsch ist nichts Genaues zu erkennen. Aber immerhin haben wir den Beweis, dass sich irgendein Typ hier beim Schuppen herumgetrieben hat. Warum? Das ist übrigens die wichtigste aller Detektivfragen. Wer? Was? Wo? Wann? Wie? – Also, das sind so die Routinefragen. Aber die Frage nach dem Warum, also die ist entscheidend für das Motiv. Das hat mit Psychologie zu tun – wenn ihr versteht, was ich meine.«

Kati kicherte. »Mensch, Robin, gerade hab ich's gesagt: Du bist ein Angeber. Und warum hat sich hier jemand herumgetrieben?«

Selbstverständlich wusste Robin das nicht, doch er brauchte auch gar nicht erst nach einer Antwort zu suchen, denn Mirjam hatte etwas entdeckt.

»Leuchte mal mit der Lampe!«, forderte sie. »Hier, die Leitern. Eine liegt jetzt anders als vorhin. Erkennt ihr das?«

»Logo.« Robin richtete den Strahl der Stablampe auf den Fuß der Holzleiter. »Da! Da unten ist sie nass. Und Erde klebt am Holz. Die Leiter ist gerade benutzt worden.«

»Das Geklapper!« Kati war jetzt voll Eifer bei der Sache. »Als der geheimnisvolle Typ die Leiter hingeworfen hat, hat's geklappert. Das war das Geräusch, das wir gehört haben. Aber wozu braucht man eine Leiter?«

»Blöde Frage!«, schnaubte Robin. »Wenn man einen Punkt erreichen will, der oberhalb der Reichweite der Arme liegt. Ich denke jetzt mal scharf nach und . . .«

»Nachdenken kann ja nicht schaden«, sagte Kati spöttisch. Ihr ging Robins Überheblichkeit ein bisschen auf den Keks.

Robin ließ sich aber nicht irritieren. »Ich denke jetzt mal scharf nach. Meine Theorie ist: Die unbekannte Person ist uns gefolgt und hat uns aus der Ferne beobachtet. Okay, wir waren vorhin hier im Schuppen. Die Person wollte auch zu diesem Schuppen. Also hat sie gewartet, bis wir weit genug

Robin denkt scharf nach

Wer kann das gewesen sein?« Kati spürte, wie ihr Herz raste.

Robin fummelte mit fahrigen Fingern sein Fernglas aus dem Rucksack, ein Feldstecher mit Restlichtaufheller, wie ihn die Jäger benutzen. Zu spät. Die Gestalt war schon verschwunden.

Mirjams Stimme klang auf einmal heiser. »Wow, bin ich erschrocken! Ob das Orhun war? Oder irgendein fremder Mann, der . . .«

»Das kann auch eine Frau gewesen sein«, unterbrach Robin. »Bei der Entfernung war das doch nicht zu erkennen. Jedenfalls ist die Person rausgelaufen aus dem Park. Was gibt's denn hinter der Abschlusshecke vom Park?«

»Eine Straße«, antwortete Kati, »die führt um den Park herum zum Wald. Autos fahren da selten. Spaziergänger und Radfahrer sieht man da manchmal. Eigentlich ist es auch mehr ein Weg.«

»Wir müssen zurück zu der Stelle, an der die Gestalt verschwunden ist«, entschied Robin. »Das Geklapper. Ich will wissen, was da geklappert hat.«

Mirjam fühlte sich gar nicht wohl in ihrer Haut. »Ist das nicht zu gefährlich? Wenn da jemand . . .«

»Papperlapapp!« Robin lachte, aber es hörte sich nicht echt an. »Das Wort *gefährlich* kommt in der Detektivsprache überhaupt nicht vor. Nun kommt schon!«

»Irgendwie bist du ein ziemlicher Angeber!«, fauchte Kati.

Ungefähr zweihundert Schritte waren es bis zum Schuppen. Robin funzelte mit der Taschenlampe herum. Da waren jetzt Spuren von Schuhen im wässrigen Schnee zu erkennen, undeutlich, keine Profilabdrücke von Schuhsohlen, nur unscharfe Ränder.

6. Dezember

Und genau in diesem Augenblick brach in einer Baumkrone plötzlich ein gewaltiges Geknatter aus. Die drei zuckten vor Schreck zusammen. Mirjam stieß einen Schrei aus. Was war das?

»Uff!«, stöhnte Kati erleichtert. »Tauben. Das waren bloß Tauben. Kommt, wir nehmen den Rundweg an der Kapelle vorbei, das geht am schnellsten.«

»Kapelle?« Da war Robin wie elektrisiert. »In so 'ner Kapelle kann man doch prima irgendwelche Sachen verstecken. Los, gehen wir hin! Vielleicht wird das ein Volltreffer.«

Aber die winzige Kapelle an der Ostecke des Parks, kaum größer als ein VW-Bus, war fest verrammelt. Da konnte Robin noch so heftig an der Tür rappeln. Vor den Rundfensterchen an den Seiten waren Gitter.

»Wer hat denn den Schlüssel?«, fragte Robin.

»Keine Ahnung.« Kati hob die Hände. »Da steht sowieso nur so ein hölzerner Sankt Antonius drin. Mit 'nem Jesuskind auf dem Arm. Eine Kniebank gibt's auch.«

Robin umrundete die Kapelle und leuchtete die Mauern ab. »Es könnte ja sein, dass Orhun sich den Schlüssel irgendwie an Land gezogen hat. Jedenfalls interessiert mich diese Kapelle brennend. Ich mache mich mal bei Tageslicht an das Türschloss ran. Vielleicht kann ich's mit meinem Allzweckdietrich knacken.«

»Seid mal still!«, zischte Kati. »Ich hab was gehört.«

Ja, da waren Geräusche, die kamen offenbar von dort, wo der vergammelte Schuppen stand. Dumpfes Geklapper, dann hastende Schritte. Eine schwarze Gestalt, die sich rasch entfernte.

»Verdammt spukig!«, flüsterte Mirjam.

Wer kann das gewesen sein?
Lies morgen weiter!

leicht zu dem geheimen Versteck führen. Ist doch logisch, oder?«

Mirjam staunte. »Du bist wirklich ein echter Detektiv, Robin.«

»Du sagst es.« Robin zog sich die Ledermütze tiefer in die Stirn. »Woher wisst ihr eigentlich, dass Orhun so komische Briefumschläge versteckt?«

»Von Conny«, sagte Kati. »Conny ist unsere Heimsprecherin und kümmert sich um Organisation und so. Sie sieht alles, hört alles und weiß alles, was im Haus geschieht. Das kannst du mir glauben. Ihr ist selbstverständlich auch aufgefallen, dass Orhun ziemlich durchhängt.«

Keine Schuhabdrücke im frischen Schnee. Da konnten Kati, Mirjam und der Detektiv Robin noch so scharf gucken. Nur Spuren von Vögeln und Kaninchen. Wo könnte man hier im Park etwas verstecken? Im Astloch eines Baumes? Unter Wurzeln oder in Laubhaufen? – Es hatte keinen Zweck mehr, noch weiter zu suchen, es war inzwischen zu düster. Schwarz ragten die kahlen Bäume und schienen wie geheimnisvolle Riesen mit den Zweigen zu winken. Der leise Wind flüsterte und raunte seine Geschichten, aber die waren nicht zu verstehen.

An der Wegbiegung am Ende des Schlossparks stand ein kleiner verrotteter Schuppen mit einem Wellblechdach und drei Bretterwänden, eine Seite war offen. Robin ließ den Strahl der Taschenlampe wandern. Da waren nur zwei Holzleitern, ein verrosteter Eimer, ein Spaten mit abgebrochenem Stiel, eine dreckige Plastikfolie und ein verbeulter Rasenmäher ohne Räder.

»Alles nur Schrott«, brummte Robin. Trotzdem untersuchte er alles genau und leuchtete in jeden Winkel. »Fehlanzeige! Nix Verdächtiges!«

»Dann lasst uns zurückgehen«, meinte Mirjam, »mir ist kalt.« Dass es ihr in der Dunkelheit auch ein bisschen unheimlich wurde, sagte sie nicht.

Rhododendronbüschen. »D-d-d-die G-g-g-gestalten da! Wir werden beobachtet!«

Da brachen die Mädchen in lautes Gelächter aus und klatschten dem völlig verdatterten Robin auf die Schulter. Wie witzig!

Kati fasste Robin beim Arm und zog ihn mit sich zu den Gestalten zwischen den Büschen. »Figuren, Robin! Das sind doch bloß Figuren.«

Jetzt erkannte Robin das natürlich auch: drei nackte Frauen mit Krügen im Arm. Die Sandsteinfiguren waren schon arg verwittert, sie standen auf kurzen Sockeln aus Metall.

Mirjam kicherte. »Die können uns gar nicht beobachten, die haben doch keine Gesichter mehr. Siehst du? Nase, Mund, Augen – alles abgebröselt. Das sind nur noch Pfannkuchengesichter. Sie stellen übrigens griechische Wassernymphen dar, diese Figuren. Das hat Wauwau uns erklärt.«

Robin verteidigte sich. »Aus der Ferne sahen sie jedenfalls wie echte Menschen aus. In der Dunkelheit kann man sich leicht täuschen lassen. Besser, man ist immer auf der Hut.« Und um seine detektivische Umsicht zu beweisen, kramte er eine Stablampe aus seinem Rucksack und leuchtete in die Krüge hinein. »Da drin könnte man ganz gut was verstecken.« Aber in den drei Krügen waren bloß Dreck und vermodertes Laub und Vogelmist.

Sie liefen weiter. Robin beobachtete wieder genau die Ränder des Kiesweges. Auf den Grasflächen lag noch immer eine dünne Schneeschicht.

»Was suchst du da unten überhaupt?«, wollte Mirjam wissen.

»Na, was wohl!« Robin stemmte die Arme in die Seiten. »Spuren selbstverständlich. Falls Orhun heute Nachmittag hier im Park gewesen ist, um irgendetwas zu verstecken, dann müsste er ja wohl den Weg verlassen haben. Seine Fußspuren wären im Schnee zu erkennen, die würden uns viel-

Der Spuk im Park

Mit der Abenddämmerung breitete sich milchiger Dunst im Park aus und verzauberte die Landschaft. Irgendwo in der Ferne kreischten Krähen. Von den kahlen Ästen der hohen Buchen fielen Tropfen, im Gebüsch säuselte ein leiser Wind. Die Fußballspieler trieben den Ball vor sich her und trabten zum Haus.

»Ganz schön vornehm, euer Schlosspark«, sagte Robin.

»Ziemlich gräflich«, bestätigte Mirjam.

»Dann sollten wir jetzt mal durch euren gräflichen Park gehen und überprüfen, ob es eine Stelle gibt, an der Orhun irgendwas versteckt haben könnte. Darf ich die Gräfinnen um Beeilung bitten? Bald wird's stockdunkel sein.«

Ein gekiester Rundweg führte durch den Park. Bei jedem Schritt knirschte es laut. Robin ging gebückt und spähte aufmerksam nach rechts und links, besonders die Wegränder interessierten ihn.

»Warum wohnt Orhun eigentlich im Schellenburg-Heim?«, wollte Robin wissen.

Kati erklärte es. Orhuns Mutter lebte nicht mehr, sie war bald nach Orhuns Geburt gestorben. Sie war Deutsche gewesen, Orhuns Vater war Türke. Als Beifahrer in den Lieferfahrzeugen eines Transportunternehmens war er oft tagelang unterwegs, darum konnte Orhun nicht bei ihm wohnen.

Robin fragte: »Und warum wollt ihr Orhun unbedingt helfen? Seid ihr in ihn verknallt?«

»Orhun ist ein prima Kumpel!«, rief Kati empört. »Darum wollen wir ihm helfen. Warum stellst du so idiotische Fragen?«

»Weil ich doch eure Motive kennen muss«, gab Robin cool zurück. »Als Detektiv muss ich doch . . .« Plötzlich erstarrte er in der Bewegung und zeigte mit zittrigem Finger zu den

5. Dezember

dem anderen. Robin zog einen Block und einen Kugelschreiber aus seinem Rucksack.

»Tragen wir mal die Fakten zusammen.« Robin zielte mit dem Stift auf Kati und Mirjam. »Habt ihr eine Vermutung, wo Orhun sich jetzt befinden könnte?«

»Auf dem Weihnachtsmarkt vielleicht«, antwortete Mirjam. »Jedenfalls hat er etwas vom Weihnachtsmarkt zu seinen Zimmergenossen Jonas und Lasse gesagt. Aber nix Genaues weiß man nicht.«

»Seltsam.« Robin notierte etwas auf seinem Block. »Den Weihnachtsmarkt gibt es doch erst seit ein paar Tagen. Der fängt immer mit dem ersten Adventssonntag an. – Aber gut, berichtet mal alles, was euch auf die Idee gebracht hat, dass Orhun in Schwierigkeiten steckt.«

Mirjam und Kati redeten drauflos, Robin schrieb alles auf.

O. hat sich plötzlich verändert und ist muffelig.

O. versteckt Briefumschläge irgendwo im Park.

O. ist ein Vielfraß, isst jetzt aber nur noch wenig.

O. isoliert sich.

O. hat auf einmal ein Handy und bekommt offenbar Befehle.

O. versagt unerklärlicherweise als Handballtorwart.

O. verschwindet angeblich nachmittags zum Weihnachtsmarkt.

Robin grübelte und wiegte den Kopf. »Ich gebe das zu Hause in meinen PC ein. Dort speichere ich alle Erkenntnisse von meinen Ermittlungen. Der Weihnachtsmarkt könnte eine erste heiße Spur sein. Die Frage ist: Was tut er dort?«

»Der Weihnachtsmarkt?«, fragte Kati. »Warum glaubst du das?«

»Weil ich so ein Kribbeln in der Nase habe.«

Ob Robin Recht hat mit seiner Vermutung?
Lies morgen weiter!

»Er ist irgendwohin verduftet«, entgegnete Kati. »Ganz komisch war er drauf. Im Sportkeller hat er den Punchingball verprügelt und das Mittagessen hat er geschwänzt. Ein Anruf kam auf seinem Handy, da hatte er's auf einmal eilig.«

»Das mit dem Punchingball«, murmelte Robin, »das lässt auf Frust und Aggressivität schließen. Kann ich mal sein Zimmer sehen?«

»Das geht nicht.« Mirjam winkte ab. »Es gibt eine Regel bei uns. Nur wenn die Bewohner es erlauben, darf man ein Zimmer betreten. Lasse und Jonas sind draußen beim Kicken, Orhun ist nicht da. Sorry.«

»Ich will das Zimmer gar nicht betreten«, erklärte Robin, »ich will nur einen Blick reinwerfen.«

Die Mädchen verstanden zwar nicht, was das bringen sollte, doch sie führten Robin zur zweiten Etage hinauf, wo die Zimmer der Jungen waren. Kati öffnete die Tür und zeigte auf Orhuns Schlafecke.

Neugierig ließ Robin den Blick schweifen. Die Wände waren mit Postern und Fotos voll gepinnt. Über einem Bett ausschließlich Bilder von Schalke-04-Fußballern, dazu ein blauweißer Fan-Schal, über dem nächsten Bett Bilder von Formel-1-Rennwagen und Michael Schumacher in Massen. An der Wand bei Orhuns Bett waren hingegen große Plakate mit wunderschönen Landschaften aufgehängt: afrikanische Steppe mit einem Gepardenrudel, eine schier endlose Eisfläche mit zwei Eisbären, ein Dschungelbild mit bunten Papageien.

»Er hat also Träume von fremden Ländern«, stellte Robin sachlich fest. »Solch eine Information ist wichtig für mich. Das Persönlichkeitsbild, versteht ihr?«

Kati verstand das nicht so richtig, sagte aber nichts. Sie schloss die Tür. Die Mädchen führten Robin in ihr Zimmer. Minka miaute fröhlich. Sie freute sich immer über Besuch.

Robin hockte mit der schnurrenden Katze auf dem Schoß auf dem einen Bett, die Mädchen saßen im Schneidersitz auf

Paul Majewski rückte seine Brille zurecht. »Habt ihr 'ne Ahnung, auf was für 'nem Trip Orhun neuerdings ist? Grad ist er an mir vorbeigezischt mit einem Gesicht wie saure Gurken. Und dann ist er aus dem Haus gelaufen.«

»Vielleicht hat er Bauchschmerzen«, antwortete Mirjam ausweichend. Sie zeigte zum Fenster. Unten auf dem Bolzplatz kickten ein paar Jungen mit einem roten Ball im Schneematsch herum. »Oder er ist bei den Fußballern.«

Paul Majewski schaute nach draußen. »Bei denen ist er nicht.« Kopfschüttelnd ging er in sein Büro.

Kati und Mirjam machten sich sofort an ihre Hausaufgaben. Die kleine Katze mit dem getigerten Fell war auf den Tisch gesprungen und störte die Mädchen beim Schreiben, aber die ließen sich das gerne gefallen.

Allmählich wurde es laut im Haus. Aus den Lautsprecherboxen in einigen Zimmern dröhnten Bässe, unten wurde um die Tischtennisplatte und den Billardtisch gestritten, Lachen und Gekreische schrillten durch die Flure. Mirjam und Kati warteten in der Eingangshalle auf Robin.

Der erschien genau um vier Uhr und hatte glühende Backen vom schnellen Radeln. Er trug die lederne Schirmmütze und hatte einen kleinen Rucksack geschultert.

»Ihr wohnt ja in einem verdammt schönen Schuppen«, erklärte er bewundernd, »so echt schlossmäßig.«

»Es ist ja auch ein richtiges Schloss«, gab Mirjam zu bedenken. »Ganz früher stand hier die alte Schellenburg mit wahnsinnig dicken Mauern und so. Die ist irgendwann im Mittelalter abgerissen worden. Auf den Fundamenten wurde dann später dieses Barockschloss gebaut. Erst wohnten Grafen drin, dann arbeiteten hier die Leute von der Kreisforstverwaltung – tja und jetzt hausen wir hier, klar, ganz schön gräflich.« Mirjam lachte.

»Wir sollten zur Sache kommen«, drängte Robin. »Wo steckt Orhun jetzt? Ist er im Haus?«

Die Spur führt zum Weihnachtsmarkt

Wie ein Wilder drosch Orhun mit bloßen Fäusten auf den Punchingball ein. Es sah so aus, als wollte er Wut und Frust und Angst an irgendeinem Gegner auslassen. Er schaute nur kurz auf, als die Mädchen in den Sportkeller kamen, und schlug weiter.

»He, Orhun!«, rief Mirjam. »Willst du nicht zum Essen kommen?«

»Ich mag keinen Grünkohl.«

Das war gelogen. Es gab nichts, das Orhun nicht mochte. Er hatte kaum gefrühstückt und kein Pausenbrot mitgenommen. Ein Vielfraß wie er musste doch halb tot vor Hunger sein!

»Was gafft ihr so blöde?« Orhun stöhnte und keuchte vor Anstrengung. »Haut endlich ab!«

In diesem Augenblick dudelte das Handy in seiner Jackentasche. Zuerst schien Orhun verwirrt, dann sagte er zögernd seinen Namen. Den Mädchen hatte er den Rücken zugedreht. Es dauerte nur Sekunden, dann murmelte Orhun »Okay« und schaltete das Gerät ab. Wortlos verließ er den Sportkeller.

Kati und Mirjam warfen sich ratlose Blicke zu, dann gingen sie hinauf zum Speisesaal. Neben Manuela und Kim war noch Platz. Der Grünkohl duftete, die Kartoffeln waren schon ziemlich kalt. Zum Nachtisch gab es Quark mit Kirschen.

Auf der Treppe kam ihnen später Paul Majewski entgegen. Er war Sozialpädagoge und arbeitete offiziell als Erzieher im Schellenburg-Heim, doch die Jungen und Mädchen sahen in ihm eher einen großen Freund, der stets hilfsbereit war, wenn es Schwierigkeiten gab. Spiderman, das war sein Spitzname. Er war nämlich dünn und gelenkig und konnte schneller als jeder andere die Kletterwand draußen im Park bewältigen.

4. Dezember

Kati und Mirjam spurteten los. Sie durften den Bus nicht verpassen. Sie schafften es, völlig außer Atem, in letzter Sekunde.

»Das war aber knapp«, nörgelte der Busfahrer. »Haben die Damen noch ein Kaffeekränzchen veranstaltet?«

»Nee«, antwortete Kati spitz, »wir mussten bloß noch schnell 'ne Bank überfallen. Fahren Sie los, ehe die Polizei uns erwischt.«

Schallendes Gelächter im Bus. Solche Sprüche mochten die Kids.

Mirjam und Kati quetschten sich auf eine Sitzbank, die eigentlich schon überfüllt war.

Orhun saß wieder ganz allein in der hintersten Ecke.

Auf den Wiesenflächen des Schlossparkes lag noch ein wenig Schnee. Es regnete nicht mehr. Die beiden Mädchen hasteten zuerst einmal in ihr Zimmer, um mit Minka zu schmusen und ihr Futter und Wasser hinzustellen, dann gingen sie hinunter in den Speisesaal, wo schon das große Gemampfe stattfand. Es gab Bratwurst mit Grünkohl und Kartoffeln.

Aber wo steckte Orhun? Er war an keinem der Tische zu entdecken. Mirjam und Kati suchten ihn. Er war nicht in seinem Zimmer, nicht im Gemeinschaftsraum, nicht im Fernsehraum, nicht in der »Spielhalle«.

»Vielleicht ist er im Sportkeller«, meinte Mirjam.

Werden die Mädchen ihn dort finden?
Lies morgen weiter!

fordert. Ohne fachmännische Hilfe schaffen wir das nicht. Ein komplizierter Fall, verstehst du?«

Komplizierter Fall? Ohne Zweifel hatte Mirjam die richtigen Worte gefunden. Robin kniff die Augen zusammen. Sein Interesse schien geweckt. »Kenne ich den Typen, um den es geht?«

»Orhun«, sagte Kati, »es geht um Orhun aus der Siebten.«

Robin lachte. »Den haben sie in der Pause doch so heftig angemacht, weil man ihm beim Handball den Kasten voll gehauen hat. Wollt ihr ihm deswegen helfen?«

»Quatsch!« Kati hob die Hände. »Aber irgendwie hat es damit zu tun. Sonst ist der Orhun ein Supertorwart, bloß heute macht er auf Totalversager. Und bei uns im Heim ist er immer der große Spaßvogel, aber jetzt verkriecht er sich. Man kann ihn gar nicht ansprechen. Er versteckt heimlich Sachen im Park und ein Handy hat er plötzlich . . .«

»Stopp, stopp!«, unterbrach Robin. »Wir müssen den Fall systematisch angehen, wenn ihr versteht, was ich meine. Und ich muss mich mit der Örtlichkeit vertraut machen.«

»Das heißt, du hilfst uns?« Mirjam jubelte innerlich.

»Das wird sich zeigen. Erst mal müssen alle Fakten auf den Tisch. Ich komme zu euch raus. Sagen wir so gegen vier Uhr. Man kann euch doch in eurem Heim besuchen, oder?«

»Klaro!«, sagte Kati voll Eifer. »Wir leben doch nicht im Knast. Wauwau hat es gern, dass Freunde und Klassenkameraden zu Besuch kommen.«

»Wauwau?« Robin grinste.

»Das ist die Direktorin«, erklärte Mirjam. »Offiziell heißt sie Doktor Petra Beller.«

»Verstehe.« Robin grinste noch breiter. »Aber jetzt muss ich erst mal was zwischen die Zähne kriegen, sonst falle ich um vor Hunger. Und ohne meine Ledermütze ermittele ich grundsätzlich nicht. Also, bis um vier! Ich komme mit dem Fahrrad.«

Auto der Mathematiklehrerin nicht von einem rachsüchtigen Schüler stammten, sondern von den Rosenbüschen am Lehrerparkplatz.

So einer war Robin.

Eine kleine Macke hatte er allerdings. Zu seinen Einsätzen als Detektiv trug er eine lederne Schirmmütze mit Knopf obendrauf. Aber nur dann.

Mirjam und Kati hielten ihn zurück, als er sofort nach der sechsten Stunde, als der Gong noch schepperte, mit den anderen aus dem Klassenraum stürmen wollte.

»Stopp mal, Robin«, sagte Kati. »Wir müssen was Wichtiges mit dir bereden. Hast du 'ne Sekunde Zeit?«

»Ein-und-zwan-zig.« Robin grinste. »Die Sekunde ist vorbei.«

»Sehr witzig.« Mirjam boxte ihn ein bisschen. »Es könnte sein, dass wir deine Hilfe brauchen.«

»Könnte es nur sein oder braucht ihr sie wirklich? Ich darf doch um ein bisschen sprachliche Logik bitten. Handelt es sich um etwas Privates oder um etwas Detektivisches?«

Kati kicherte. »Wenn man dich so reden hört! – Also, es ist privat und detektivisch zugleich, will ich mal sagen. Es geht um einen Jungen aus unserem Heim. Sieht so aus, als ob er mächtig in der Klemme sitzt.«

»Genau so sieht es aus«, bestätigte Mirjam.

Robin hielt die Nase in die Luft. »Welche Indizien sprechen dafür? Ich meine, habt ihr nur so ein Gefühl oder gibt es konkrete Hinweise für eure Behauptung? Mit Spinnereien kann ich mich nicht abgeben. Ihr müsst wissen, dass ich sehr beschäftigt bin. Also, ich höre.«

»Mann, blas dich doch nicht so auf!«, stöhnte Kati.

Mirjam setzte ihr schönstes Lächeln auf. Sie wollten doch etwas von Robin, also durften sie ihn nicht vergraulen. »Ist doch klar, Robin, das kann ich mir denken, dass du viel um die Ohren hast, aber Kati und ich, also, wir sind da wohl über-